漢語拼音真易學

②聲母

畢宛嬰／著
李亞娜／繪

新雅文化事業有限公司
www.sunya.com.hk

　　親愛的小朋友們，你們好！這一冊我們學習聲母。

　　第①冊我們學了單韻母和聲調，認真的你們，一定都掌握得不錯吧？

　　還記得拼音是由哪三部分組成的嗎？對了！是由聲母、韻母和聲調三部分組成的，學會第②冊教的聲母，我們就能把聲母和單韻母拼在一起啦！

聲母

　　漢語拼音包括聲母、韻母、聲調三個部分，
它們組成了普通話中一個字的讀音。
　　在前面的，就是聲母。

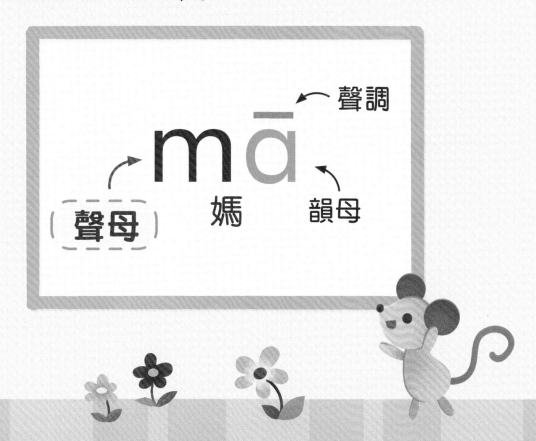

在這一冊中，我們會學習：

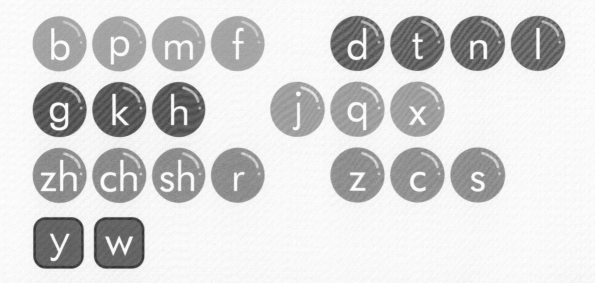

b p m f　d t n l

g k h　j q x

zh ch sh r　z c s

y w

y、w 的用法特殊，具體請見
本系列第 ③ 冊第 42-43 頁。

拼寫規則

聲母在前，韻母在後。
先讀聲母，後讀韻母。
連讀要迅速，快來試一試！

描一描

b b b

hú li bó bo chī bō luó
狐狸伯伯吃菠蘿，

bō　　bō　　bō
菠、菠、菠，b、b、b。

bà ba
b + à = bà 爸爸

bō li chuāng
b + ō = bō 玻璃窗

描一描

p p p

shān yáng pó po pá shān pō
山羊婆婆爬山坡，

pō　　pō　　pō
坡、坡、坡，p、p、p。

pú tao
p + ú = pú 葡萄

pí qiú
p + í = pí 皮球

描一描

讀一讀

xǐ wán shǒu hòu bié luàn mō
洗完手後別亂摸，

mō mō mō
摸、摸、摸，m、m、m。

mā ma
m ＋ ā ＝ mā 媽媽

māo mī
m ＋ ī ＝ mī 貓咪

f f f

描一描

féi māo kāi fàn zhēn xìng fú
肥貓開飯真幸福，

fú　　fú　　fú
福、福、福，f、f、f。

fā guāng
f + ā = fā 發光

fú
f + ú = fú 福

描一描

d d d

bǐ sài dé le dì yī míng
比賽得了第一名，

dé　dé　dé
得、得、得，d、d、d。

yǔ　dī
d + ī = dī 雨滴

dà xiàng
d + à = dà 大象

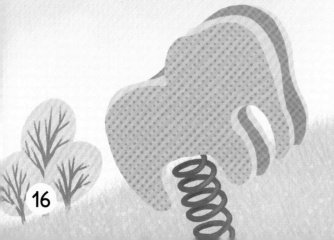

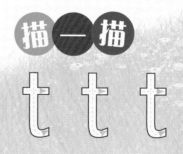

描一描

t t t

shì nǐ　shì wǒ　hái shi tā
是你？是我？還是他？

tā　　tā　　tā
他、他、他，t、t、t。

t + ù = tù 兔子
tù zi

t + i = ti 抽屜
chōu ti

17

n

描一描

n n n

讀一讀

nà lǐ yǒu tóu dà nǎi niú
那裏有頭大奶牛，

nà nà nà
那、那、那，n、n、n。

n + í = ní 泥土
ní tǔ

n + ǔ = nǔ 女士
nǔ shì

1

描一描

讀一讀

xiǎo lù dì di zhēn kuài lè
小鹿弟弟真快樂，

lè　　lè　　lè
樂、樂、樂，丨、丨、丨。

ㄌ + ù = lù 馬路
ㄌ + à = là 辣椒

mǎ lù
馬路

là jiāo
辣椒

21

描一描

g g g

讀一讀

gē ge xǐ huanyǎng bái gē
哥哥喜歡養白鴿，

gē gē gē
鴿、鴿、鴿，g、g、g。

chàng gē
g + ē = gē 唱歌

xiǎo gǔ
g + ǔ = gǔ 小鼓

23

k

kkk

24

讀一讀

kē dǒu kāi xīn shuǐ zhōng yóu
蝌蚪開心水中游，

kē kē kē
蝌、蝌、蝌，k、k、k。

k + è = kè 上課 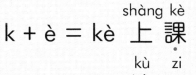 shàng kè

k + ù = kù 褲子 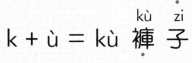 kù zi

描一描

h h h

hé biān xiǎo mǎ zài hē shuǐ
河邊小馬在喝水，

hē   hē   hē
喝、喝、喝，h、h、h。

lǎo hǔ
h + ǔ = hǔ 老虎

hē shuǐ
h + ē = hē 喝水

27

描一描

ｊ　ｊ　ｊ

讀一讀

gōng jī rèn zhēn kāi fēi jī
公雞認真開飛機，

jī jī jī
機、機、機，j、j、j。

j + ī = jī 雞蛋 (jī dàn)

j + ú = jú 橘子 (jú zi)

29

30

讀一讀

má què míng zi jiào xiǎo qī
麻雀名字叫小七，

qī　　qī　　qī
七、七、七，q、q、q。

　　　　　　xià　qí
q + í = qí　下 棋

　　　　　shēng qì
q + ì = qì　生 氣

X

描一描

X X X

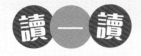

xī tiān qǔ jīng zhēn huān xǐ
西天取經真歡喜，

xī xī xī
西、西、西，ㄒ、ㄒ、ㄒ。

xī guā
x + ㄧ = xī 西瓜

xǐ zǎo
x + ㄧˇ = xǐ 洗澡

描一描

zh zh zh

讀一讀

zhè ge dēng mí zhī bù zhī
這個燈謎知不知？

zhī　　zhī　　zhī
知、知、知，zh、zh、zh。

xiǎo zhū
zh + ū = zhū 小豬

zhá jī
zh + á = zhá 炸雞

描一描

ch ch ch

讀一讀

wǒ men chū mén chī fàn qu
我們出門吃飯去，

chī　 chī　 chī
吃、吃、吃，ch、ch、ch。

chā zi
ch + ā = chā 叉子

qì chē
ch + ē = chē 汽車

sh

sh sh sh

shī zi gē ge shì lǎo shī
獅子哥哥是老師，
shī　　shī　　shī
師、師、師，sh、sh、sh。

shā tān
sh + ā = shā 沙灘

dà shù
sh + ù = shù 大樹

描一描

r r r

讀一讀

jīn rì tiān qì zhēn jiào rè
今日天氣真叫熱，

rì　rì　rì
日、日、日，r、r、r。

rì lì
r + ì = rì 日曆

chū rù
r + ù = rù 出入

Z

描一描

Z Z Z

guā zǐ guā zǐ hǎo zī wèi
瓜子瓜子好滋味，

zī　　zī　　zī
滋、滋、滋，ㄗ、ㄗ、ㄗ。

z + ì = zì 數字 shù zì

z + ú = zú 足球 zú qiú

C

C C C

cì wei shēnshang cì zhēn duō
刺蝟身上刺真多，

cì   cì   cì
刺、刺、刺，C、C、C。

xiàng pí cā
c + ā = cā 橡皮擦

mǐ cù
c + ù = cù 米醋

45

S¹

S S S

讀一讀

xué zhī shi　　yào sān sī
學知識，要三思，

sī　　sī　　sī
思、思、思，s、s、s、s。

s＋ǎ＝sǎ 灑水 (sǎ shuǐ)

s＋è＝sè 顏色 (yán sè)

y、w 的用法特殊，不用讀，具體請見本系列第 ❸ 冊第 42-43 頁。

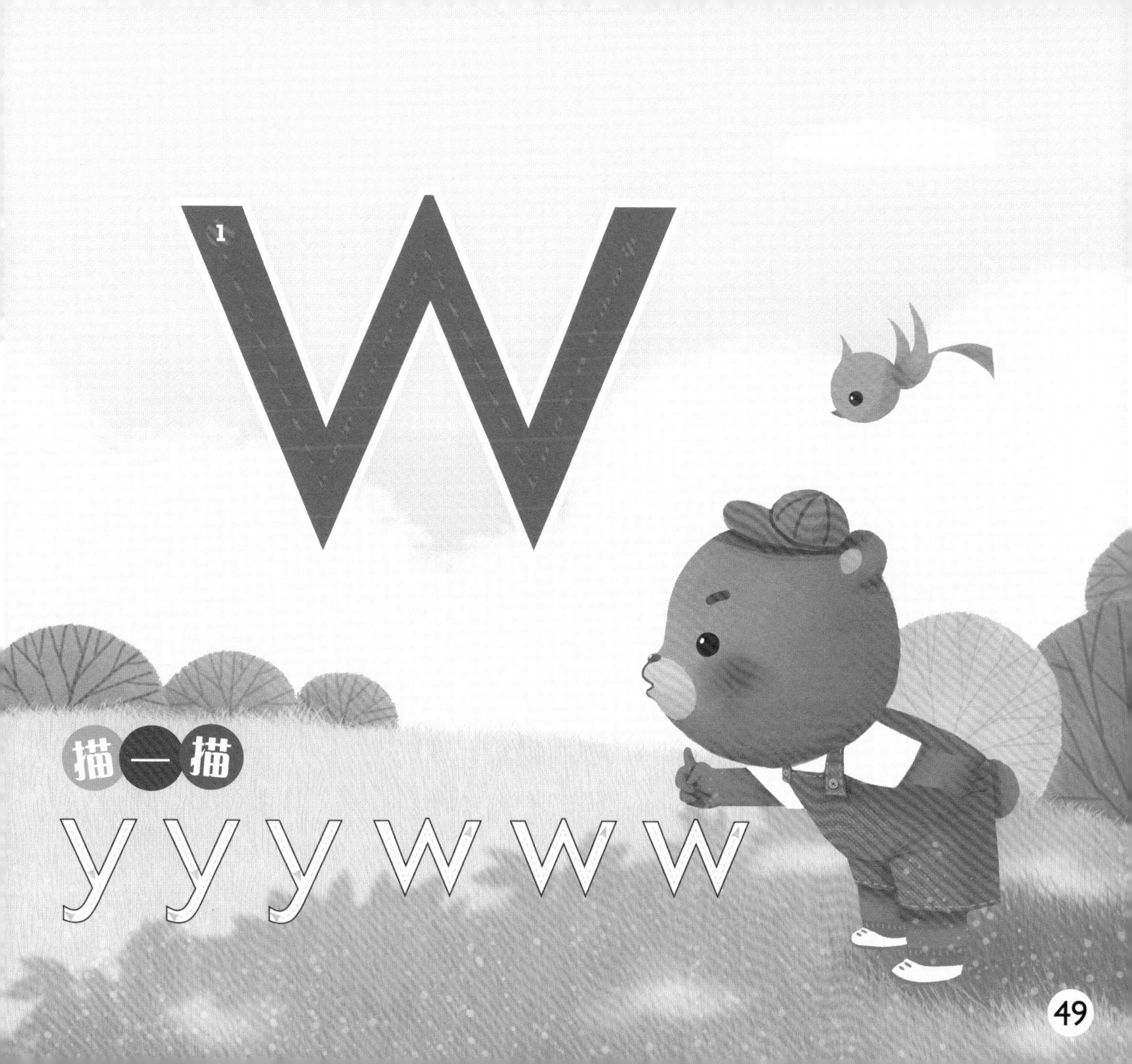
w
1
描一描
y y y w w w

請把聲母用筆連起來,看看是什麼圖案?

請把丟失的聲母連至正確的位置吧。

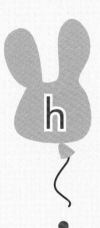

b　　sh　　x　　h

① ＿＿ī guā

② ＿＿ǐ

③ ＿＿ā zi

④ lǎo ＿＿ǔ

請沿着迷宮走一走，把拼音與相對應的圖片連起來。

1 shé

2 zhū

3 chā

4 mǎ

5 chē

6 shū

答案：①馬 ②蛇 ③又 ④筆 ⑤車 ⑥書

親愛的小朋友們，這一冊我們學了聲母。掌握了聲母就可以和第①冊中的單韻母進行簡單的拼讀，是不是越來越好玩了？下一冊我們學複韻母，一起努力吧！

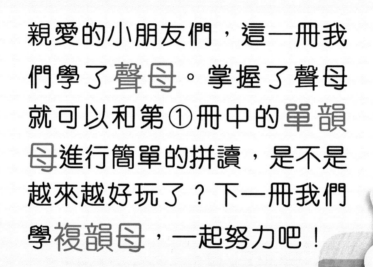